8 Yh pièce 50

Paris
1895

Uhland

La Traversée de l'empereur Charles

LA TRAVERSÉE
DE
L'EMPEREUR
CHARLES

Exemplaire

N°

LA TRAVERSÉE DE L'EMPEREUR CHARLES

Traduit de Uhland
par F. Soehnée.

Compositions de M. Marcel

Préface de M. Victor Champier
Directeur de la Revue des Arts Décoratifs

I. Prologue
II. La Traversée

Au Lecteur

Je souhaite à quiconque déroulera d'une main lente et soigneuse, comme il convient, les feuillets de ce petit livre, d'en goûter le charme subtil et délicat que j'y ai trouvé moi-même.

La jeune artiste qui a su broder sur le thème d'une vieille légende extraite du "Magasin pittoresque" au hasard de ses lectures, les fantaisistes illustrations dont sont parées chacune de ces pages, possède une qualité rare entre toutes : celle d'émouvoir.

Elle communique aux moindres de ses dessins une grâce particulière, une naïveté attendrie, je ne sais quel mélancolique abandon. Les fleurs de notre pays de France semblent lui avoir murmuré des confidences mystérieuses, et elle leur fait parler un langage d'archaïque poésie dont la saveur étrange pénètre l'âme.

Ah ! combien je sais de maîtres décorateurs qui donneraient quelque chose de leur habileté prestigieuse pour posséder un peu de cette fraîcheur de sentiment, de cette délicieuse faculté d'éloquence simple et touchante !

Et considérez, je vous prie, avec quel sens précis de logique est conduit le développement du décor, depuis pas, suit la légende comme une symphonie en sourdine accompagne les paroles des héros dans un opéra... Sur les marges du Prologue, c'est la lance chrétienne qui défie le croissant infidèle, et l'héliotrope est choisi, à cause de sa forme, pour s'unir au sarrasin emblématique. Plus loin, l'illustration, toujours identifiée à l'idée, montre la bardane aux instincts mauvais prêtant son appui au traître rampant, tandis que le doux épi de la Vierge monte au ciel du même élan que l'encens et la prière. Ici, on voit la prêle, cette plante singulière des premiers âges, transformée en brasier, projeter en tous sens, comme des étincelles, ses rameaux grêles; là c'est l'épave, et le murène, mangeuse d'hommes, qui évoquent la terrifiante image des dangers courus par l'esquif de l'Empereur Charles. Enfin, lorsque la tempête est apaisée, les minarets de la ville sainte, émergeant de la brume, expriment à souhait l'espérance revenue au cœur des passagers.

Je le dis ici, en toute franchise : une jeune fille qui fait preuve d'un pareil talent de composition, attestant une originalité si spontanée, est née avec le don divin; il ne dépend que d'elle de devenir une grande artiste.

Victor Champier
Directeur de la "Revue des arts décoratifs"

Paris 18 8bre 95

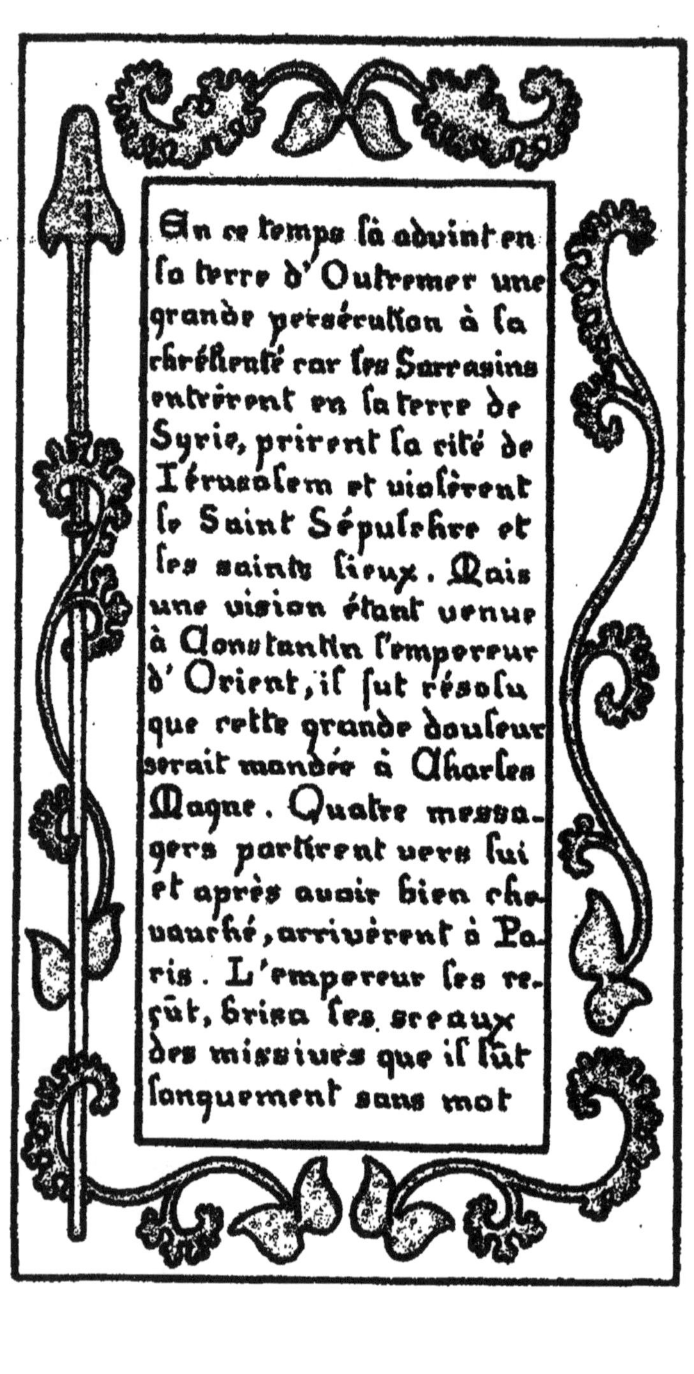

En ce temps là advint en
la terre d'Outremer une
grande persécution à la
chrétienté car les Sarrasins
entrèrent en la terre de
Syrie, prirent la cité de
Jérusalem et violèrent
le Saint Sépulchre et
les saints lieux. Mais
une vision étant venue
à Constantin l'empereur
d'Orient, il fut résolu
que cette grande douleur
serait mandée à Charles
Magne. Quatre messa-
gers partirent vers lui
et après avoir bien che-
vauché, arrivèrent à Pa-
ris. L'empereur les re-
çut, brisa les sceaux
des missives que il lut
longuement sans mot

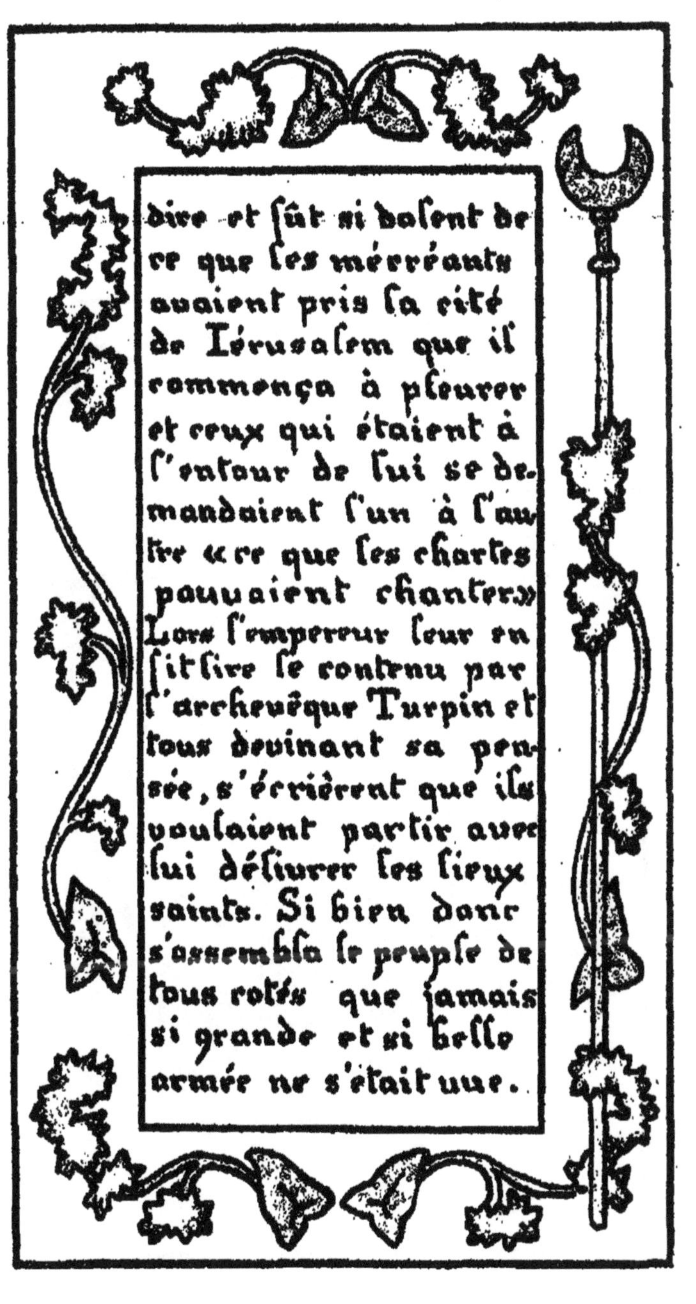
dire et sût si balent de
ce que les mérréants
avaient pris la cité
de Iérusalem que il
commença à pleurer
et ceux qui étaient à
l'entour de lui se de-
mandaient l'un à l'au-
tre « ce que les chartes
pouvaient chanter»
Lors l'empereur leur en
fit lire le contenu par
l'archevêque Turpin et
tous devinant sa pen-
sée, s'écrièrent que ils
voulaient partir avec
lui délivrer les lieux
saints. Si bien donc
s'assembla le peuple de
tous cotés que jamais
si grande et si belle
armée ne s'était vue.

L'empereur Charles voguait
sur la mer avec ses
douze pairs. Il
gouvernait vers
la Terre
Sainte et
la nef était
battue de la
tempête

Alors dit le brave Ro-
land « Je sais frapper
et parer avec l'épée,
mais cette science ne me
sert de rien dans leur
orages. »

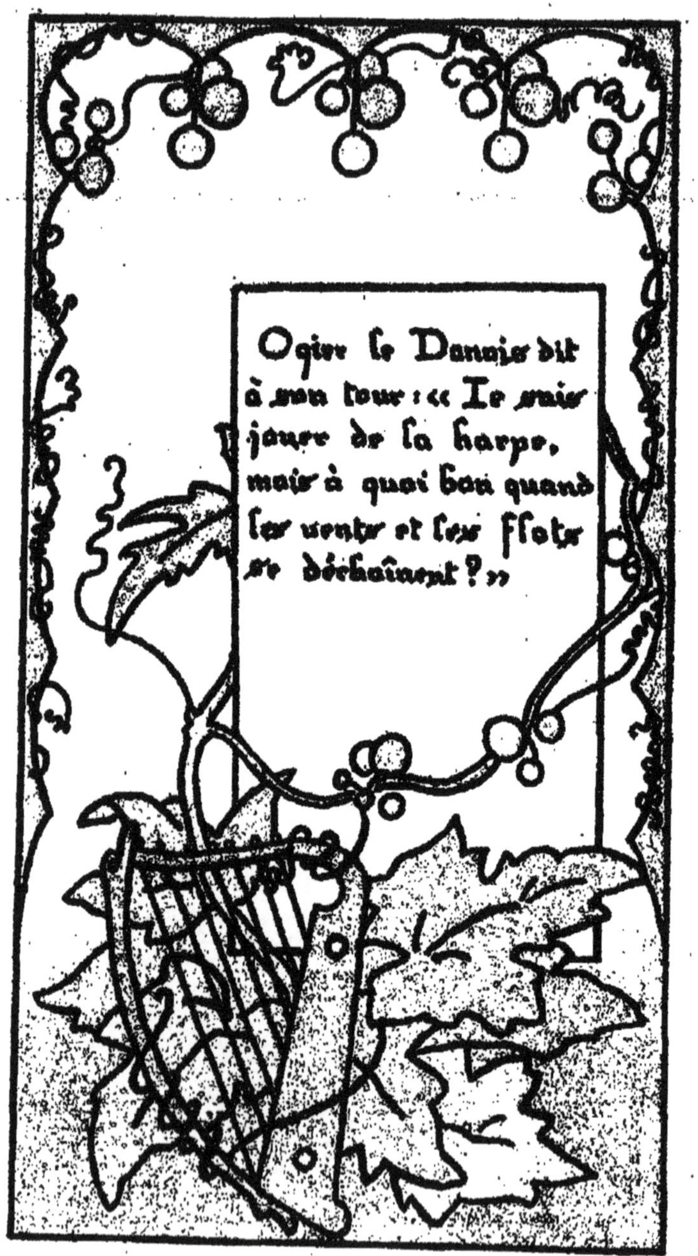

Ogier le Dannois dit
à son tour : « Je sais
jouer de la harpe,
mais à quoi bon quand
les ventz et les flotz
se déchaînent ? »

Sire Olivier
était triste aujourd'hui et
regardait ses armes:
« Il n'en est   pas
de moi comme   de
Hauteclaire. »

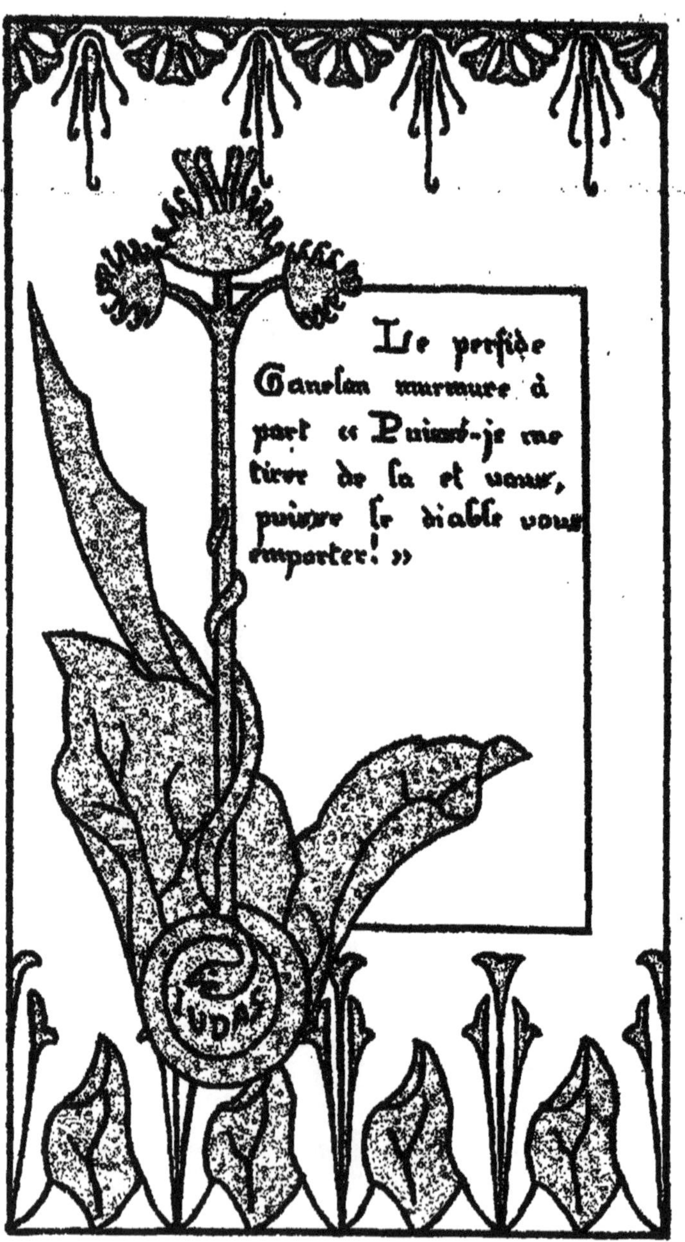

Le perfide
Ganelon murmure à
part « Puissé-je me
tirer de là et vous,
puisse le diable vous
emporter! »

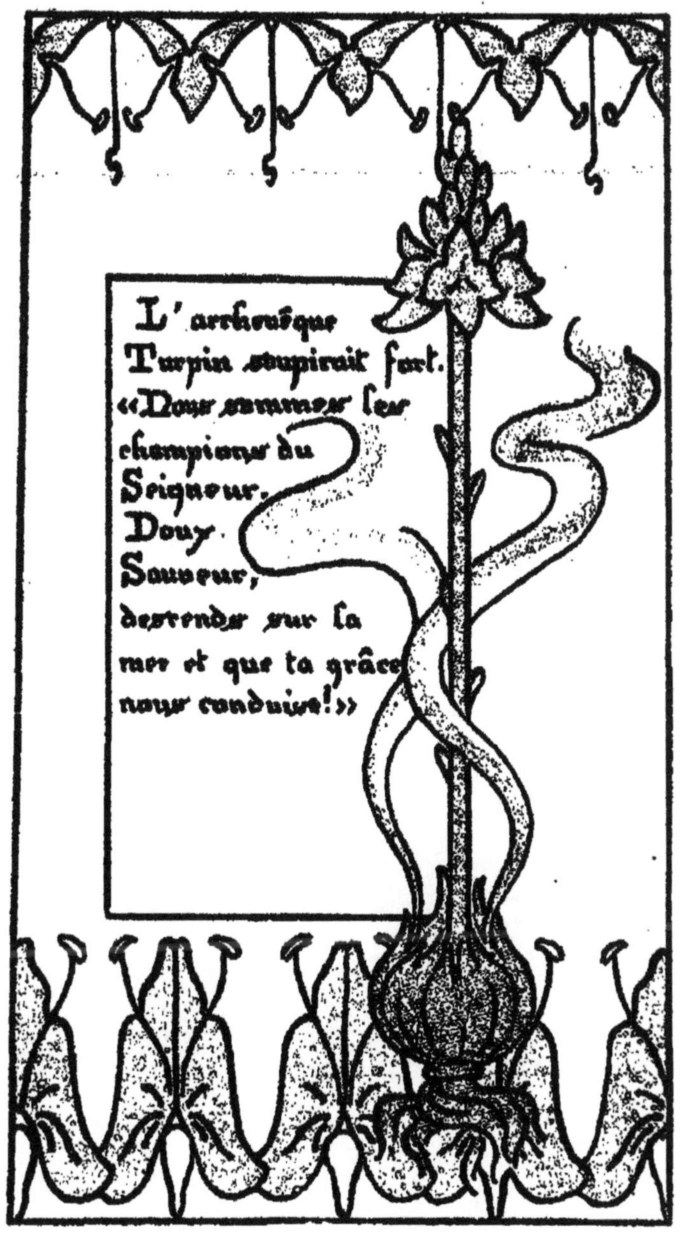

L'archevêque Turpin soupirait fort. «Nous sommes les champions du Seigneur. Doux Sauveur, descendez sur la mer et que ta grâce nous conduise!»

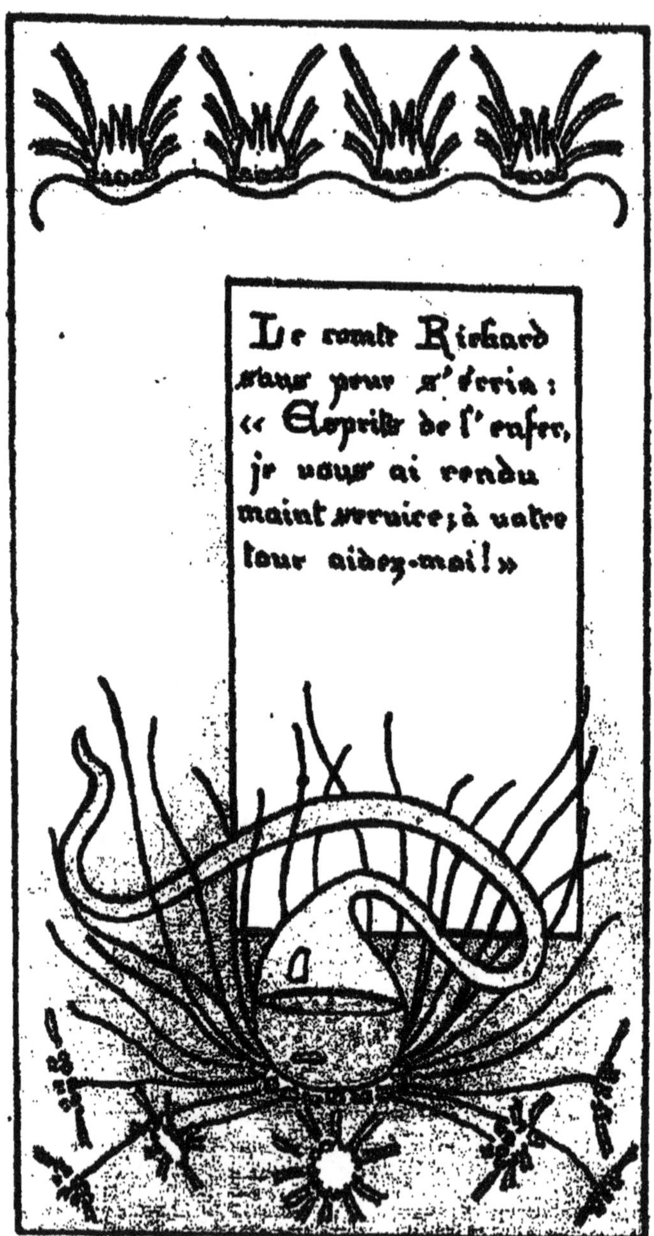

Le comte Richard
sans peur s'écria :
« Esprits de l'enfer,
je vous ai rendu
maint service ; à votre
tour aidez-moi ! »

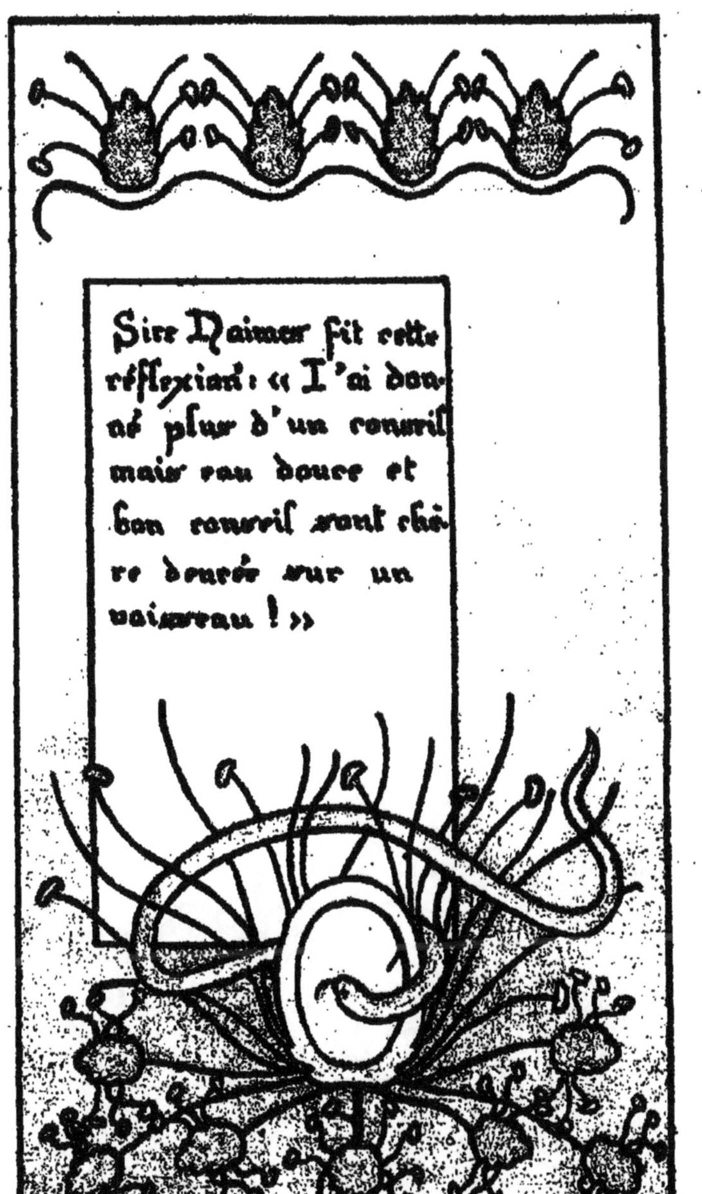

Sire Naimer fit cette
réflexion : « J'ai don-
né plus d'un conseil
mais eau douce et
bon conseil sont chè-
re dorée sur un
vaisseau ! »

Alors dit le vieux sire
Riof : « Je suis une
vieille épée et je vou-
drais bien laisser mes
os sur la terre
ferme. »

Ouy, le galant chevalier, se mit à chanter : « Que ne suis-je un petit oiseau ! Je m'envolerais vers ma bien-aimée ! »

Le noble comte Garin dit : «Dieu veuille nous tirer de péril ! Je bois plus volontiers le vin vermeil que l'eau de la mer !»

Lambert,
le joyeux com-
pagnon dit : « Que
Dieu ne nous oublie
pas! J'aime mieux
manger un beau pois-
son que d'être man-
gé par lui! »

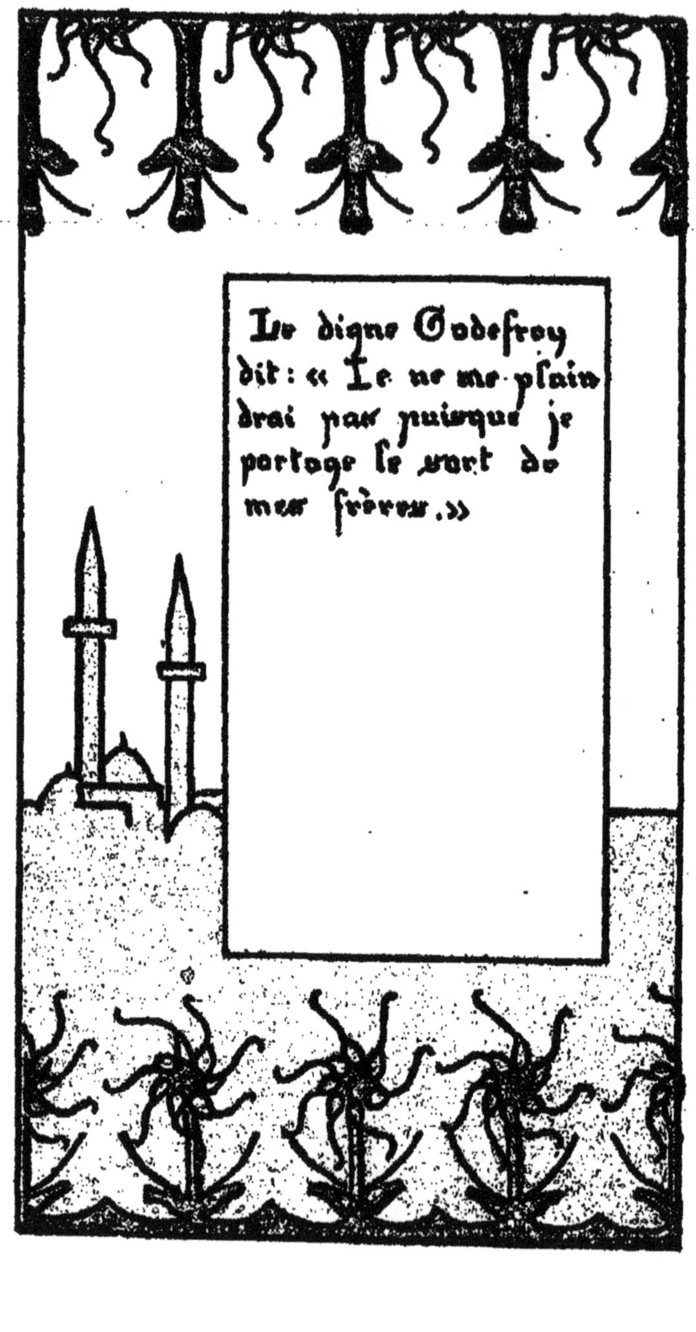

Le digne Godefroy
dit : « Je ne me plain
drai pas puisque je
partage le sort de
mes frères. »

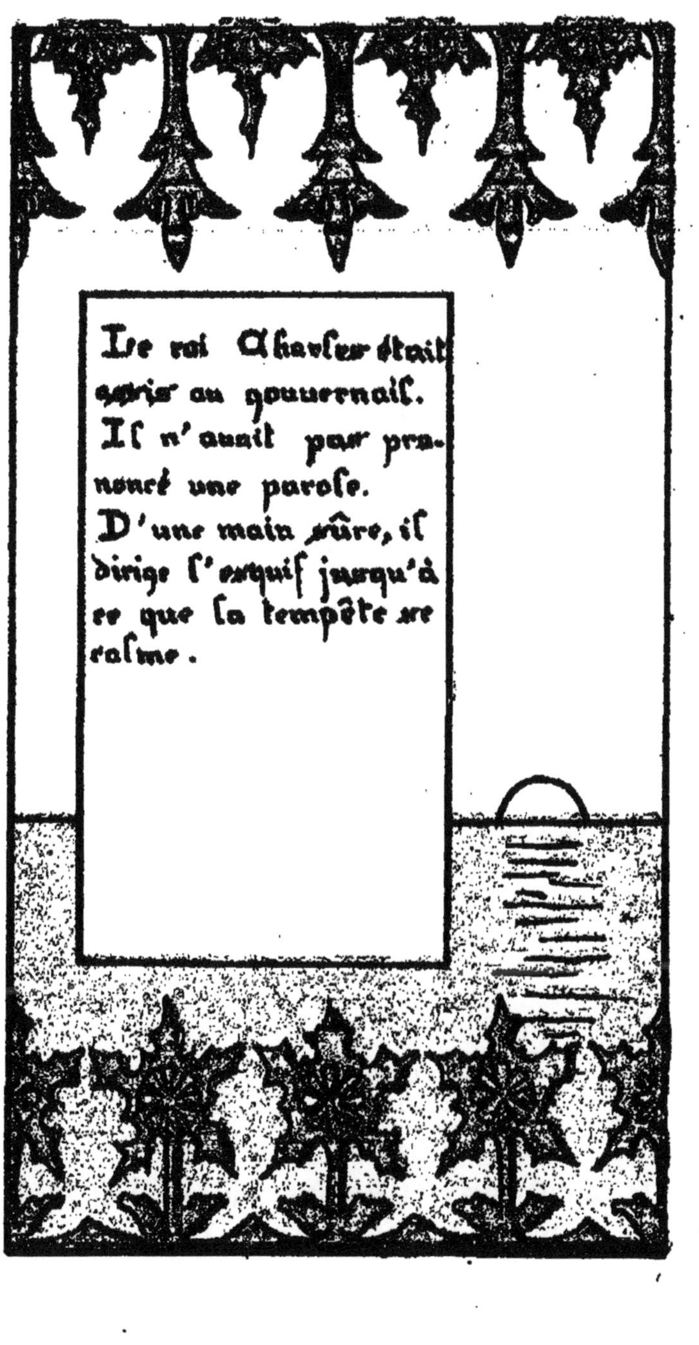

Le roi Charles était assis au gouvernail.
Il n'avait pas prononcé une parole.
D'une main sûre, il dirige l'esquif jusqu'à ce que la tempête se calme.

Mai 1894.

Lithographié par l'Auteur

Achevé d'Imprimer
le Vingt quatre Décembre, veille de Noël 1895
par G. Gerin Fils à Dijon.

Il a été tiré de cet ouvrage :
8 Exemplaires sur papier de Chine
Numérotés de 1 à 8.

et 991 Exemplaires sur papier Simili-Japon
Numérotés de 9 à 999.

Plus 2 Exemplaires sur papier des Manufactures
Impériales du Japon, (marqués A,B,) tirés seulement
en noir, et coloriés par l'auteur avec une aquarelle
originale différente pour chacun d'eux.
Et 3 Exemplaires sur papier des Manufactures
Impériales du Japon (marqués C,D,E,) tirés en
couleurs avec une aquarelle originale différente
pour chacun d'eux.

L'ouvrage ne sera jamais réimprimé.

————◆————

Librairie J. Rouam et Cie.

G. d'Hostingue Directeur
Paris, 14 rue du Helder, 14, Paris

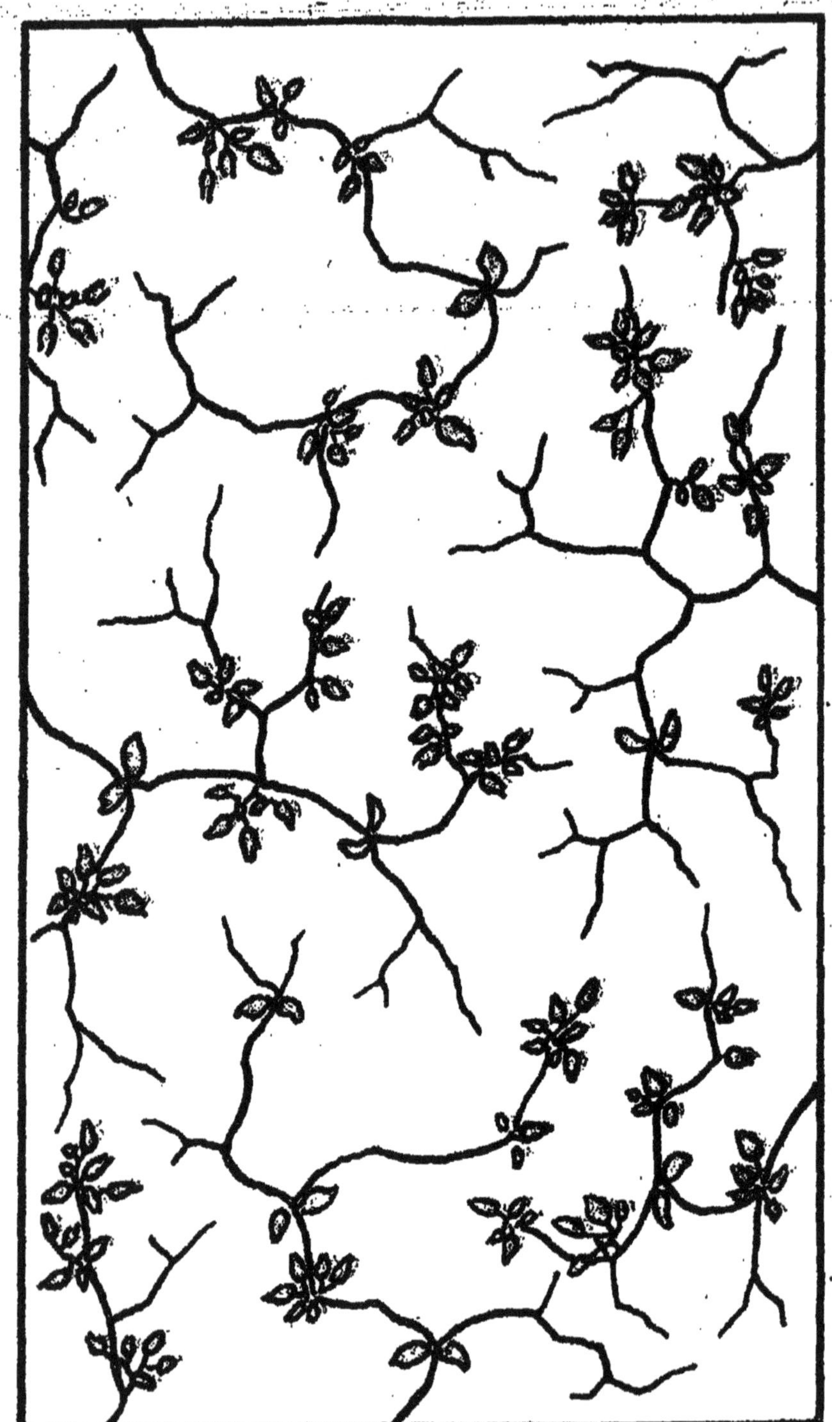